MW00898640

To my wonderful readers, who turn my dreams into reality,
my son who laughs at my silly and not so funny jokes,
my husband who encourages me to write and follow my dreams,
my mom who is an artist and inspires me every day,
and my darling sister for reading my books and sharing ideas.

Independent authors make their living out of reviews.
So, I would appreciate it immensely if you are willing
to write an honest review of this book on Amazon.
Also, I was told that if a book gets 50 reviews Amazon sends
the author a free unicorn! Why not help me get mine today?
;-)

Aos meus leitores maravilhosos, que transformam meus
sonhos em realidade, meu filho que ri das minhas piadas
bobas e não tão engraçadas, meu marido que me encoraja
a escrever e seguir meus sonhos, minha mãe que é uma
artista e me inspira todos os dias, e minha querida irmã
por ler meus livros e compartilhar ideias.

Autores independentes "ganham a vida" através de comentários
online. Devido a isso, eu agradeceria imensamente se você
estivesse disposto a escrever um comentário honesto sobre este
livro na Amazon. Me disseram também que se um livro recebe
50 comentários, a Amazon envia um unicórnio grátis ao autor!
Por que não me ajuda a ganhar o meu hoje?
;-)

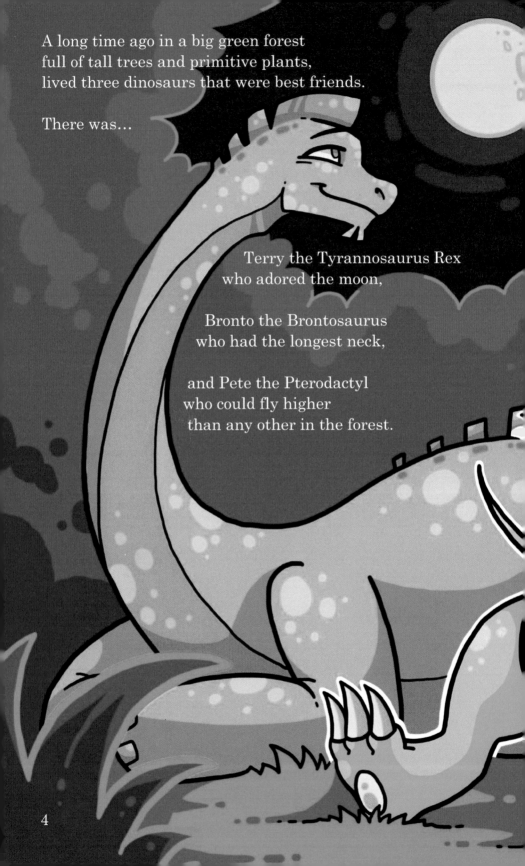

A long time ago in a big green forest
full of tall trees and primitive plants,
lived three dinosaurs that were best friends.

There was…

Terry the Tyrannosaurus Rex
who adored the moon,

Bronto the Brontosaurus
who had the longest neck,

and Pete the Pterodactyl
who could fly higher
than any other in the forest.

Há muito tempo atrás, em uma floresta verde, grande e cheia de árvores altas e plantas primitivas, viviam três dinossauros que eram melhores amigos.

Havia...

Terry, o Tiranossauro Rex, que adorava a lua,

Bronto, o Brontossauro, que tinha o pescoço mais longo,

e Pete, o Pterodáctilo, que podia voar mais alto do que qualquer outro da floresta.

The moon was an important part of Terry's life,
it was his favorite thing.
Since it only appeared at night,
he would wait patiently every day
for it to be dark again so he could watch the moon
from the distance with his best friends.

A lua era uma parte importante na vida de Terry,
era o seu objeto favorito.
Como ela só aparecia a noite,
ele esperava pacientemente todos os dias para que
ficasse escuro novamente para ele observar a lua
de longe com seus melhores amigos.

"You know, the moon is so pretty,
and it is my favorite shape...
COOKIE SHAPED!" laughed Terry.

"Sabe de uma coisa, a lua é tão bonita
e tem a minha forma favorita ...
FORMA DE BISCOITO!" gargalhou Terry.

"I don't think it is cookie shaped,"
Bronto roared. "It is a perfect circle!
Cookies aren't always perfectly round.
There are round-ish cookies
and smooshed cookies," explained Bronto.

"Eu não acho que tem forma de biscoito",
Bronto rugiu. "É um círculo perfeito!
Biscoitos nem sempre são perfeitamente redondos.
Existem biscoitos arredondados
e biscoitos amassados", explicou Bronto.

Pete, who was flying high up in the sky,
dove from the sky in delight,
laughing the whole way down.

"SMOOSHED COOKIES!?"
he screamed as he fell.
"Sounds delicious!"

Pete, que voava alto no céu,
mergulhou em deleite,
rindo por todo o caminho.

"BISCOITOS AMASSADOS!"
ele gritou enquanto pousava.
"Parece delicioso!"

Terry tried to pluck the moon right out
of the sky but could not reach it.

"My arms are too short," he pointed out sadly.
"Bronto, your neck is so long,
can you stretch it up there and smell the moon?"

"I can't reach that far, you silly T-Rex!"
Bronto giggled.

Terry tentou arrancar a lua do céu,
mas não conseguiu alcançá-la.

"Meus braços são muito curtos", ele apontou tristemente.
"Bronto, seu pescoço é tão longo,
você consegue esticá-lo até a lua e sentir seu cheiro?"

"Eu não consigo alcançar tão longe, seu T-Rex bobo!"
riu Bronto.

"Can you fly all the way to the moon and bring it back here?
I have to know what it smells like!"
Terry asked Pete.

"I will try but it's a long way to the moon and back!"
Pete said, unconvinced he could do it,
but would try to help his friend.

"Você pode voar até a lua e trazê-la aqui?
Eu preciso saber que cheiro ela tem!"
Terry perguntou ao Pete.

"Vou tentar, mas é um longo caminho de ida e volta!"
disse Pete sem muita certeza de que poderia fazê-lo,
mas tentaria ajudar o seu amigo.

Over the next few nights,
Terry noticed something different about the moon.
He watched horrified as a new piece of the moon
seemed to be missing each night.

"What is happening to the moon?"
he shouted to the forest one night.

Nas noites seguintes,
Terry notou algo diferente sobre a lua.
Ele observou horrorizado que a cada noite,
um novo pedaço da lua parecia estar faltando.

"O que está acontecendo com a lua?"
ele gritou para a floresta uma noite.

Terry started crying.
"It must have been Pete!" the sad T-Rex exclaimed.

"The moon must have smelled so good
that he is out there eating it!
I asked him to bring me the moon
so I could SMELL it, not EAT it!
Something so beautiful should NOT be EATEN!
It's like ART!"

"THE...MOON...IS...NOT...A...COOKIE!"
roared Terry.

Terry começou a chorar.
"Deve ter sido Pete!" exclamou o triste T-Rex.

"A lua deve ter um cheiro tão bom
que ele deve estar lá, comendo ela!
Pedi que me trouxesse a lua
para que eu pudesse CHEIAR, NÃO COMER!
Algo tão bonito não deve ser comido!
É como ARTE!"

"A...LUA...NÃO...É...UM...BISCOITO!"
rugiu Terry.

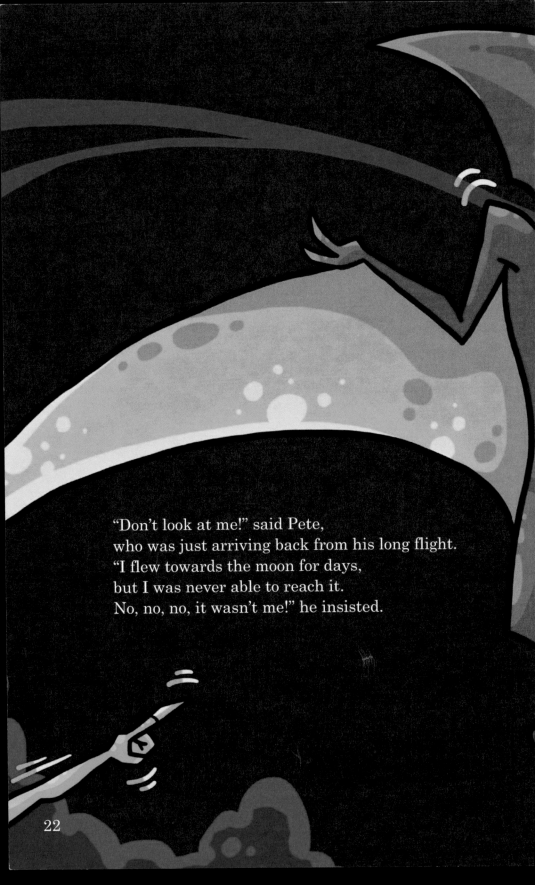

"Don't look at me!" said Pete,
who was just arriving back from his long flight.
"I flew towards the moon for days,
but I was never able to reach it.
No, no, no, it wasn't me!" he insisted.

"Não olhe para mim!" disse Pete,
que acabava de voltar de seu longo voo.
"Eu voei para a lua por dias,
mas nunca consegui alcançá-la.
Não, não, não fui eu!" ele insistiu.

"If it wasn't you, then who?"
wondered Bronto curiously
as he looked up at the half-eaten moon.

"Se não foi você, então quem foi?"
perguntou Bronto, curioso,
enquanto olhava para a lua que estava pela metade.

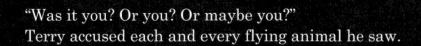

"Was it you? Or you? Or maybe you?"
Terry accused each and every flying animal he saw.

"WHO ATE THE MOON?"
roared the very angry T-Rex.

"Foi você? Ou você? Ou talvez você?"
Terry acusou todo animal voador que viu.

"QUEM COMEU A LUA?"
rugiu o irritado T-Rex.

After all the roars, the moon answered:

"No one ate me, silly!
This is just one of my phases!
I have many, and the ones you saw were
my full and crescent forms.
I'll be back to my full, circle shaped self soon…
or should I say COOKIE SHAPED?

So, don't cry and learn to appreciate all of my phases
because they will all pass but also come back,"
said the moon with a smile and a wink.

Depois de todos os rugidos, a lua respondeu:

"Ninguém me comeu, bobo!
Esta é apenas uma das minhas fases!
Eu tenho muitas, e as que você viu foram as
minhas fases de lua cheia e crescente.
Eu voltarei para a minha forma de círculo,
fase de lua cheia, em breve...
ou devo dizer FORMA DE BISCOITO?

Então não chore e aprenda a apreciar todas as minhas fases,
pois elas passarão, mas também voltarão,"
disse a lua com um sorriso e uma piscadinha.

Feeling relieved,
Terry finally curled up to sleep
with his best friends
under the light of a beautiful ever-changing moon.

The end!

Sentindo-se aliviado,
Terry finalmente se aconchegou para dormir
com seus melhores amigos
sob a luz de uma linda lua em constante mudança.

Fim!

Made in United States
Orlando, FL
28 February 2022